Petit Ours Brun
et le bébé

Illustrations de Danièle Bour

BAYARD JEUNESSE

Chez Petit Ours Brun,
il y a deux invités.
Madame Ourse Grise
vient d'arriver avec
son petit bébé.

Le petit bébé
ne fait que se reposer.
Petit Ours Brun
aimerait bien
qu'il soit réveillé.

Le petit bébé
se met à pleurer.
Petit Ours Brun dit :
– Mais il faut l’arrêter !

Le petit bébé
commence à téter.
Petit Ours Brun lui dit :
– Tu veux mon goûter ?

Le petit bébé
ne veut plus manger.
Petit Ours Brun dit :
– Peut-être
qu'il veut jouer ?

Le petit bébé
tient le doigt
de Petit Ours Brun.
Petit Ours Brun
ne peut plus l'enlever.

Petit Ours Brun
avait très envie
de tenir le bébé.
Mais maintenant
il est tout gêné.

Petit Ours Brun est un héros des magazines
Popi et *Pomme d'Api.*
Les illustrations ont été réalisées par Danièle Bour.
Le texte de cet album a été écrit par Marie Aubinais.

ISBN 13 : 978-2-7470-1700-8
Dépôt légal : mai 2005 - 5e édition
Loi 49-956 du 16 juillet 1949 sur les publications destinées à la jeunesse

Imprimé en Italie